an - raet

De la part de l'auteur

7

ÉPITRE

A

M. PALISSOT.

Communal
(Par M. (Tobez d'après
Berlem et M. Ch. mes guyestand,
sous d'autres)

V +

ÉPÎTRE

A

M. PALISSOT,

AUTEUR DE LA COMÉDIE DES PHILOSOPHES, DU POÈME
DE LA DUNCIADE, DES MÉMOIRES LITTÉRAIRES, &c.

PAR UN HABITANT DU JURA.

> Déposez hardiment qu'au fond cet homme horrible,
> Ce censeur qu'ils ont peint si noir et si terrible,
> Fut un esprit doux, simple, ami de l'équité,
> Qui cherchant dans ses vers la seule vérité,
> Fit, sans être malin, ses plus grandes malices,
> Et qu'enfin sa candeur seule a fait tous ses vices.
>
> BOILEAU.

DE L'IMPRIMERIE DE CRAPELET.

A PARIS,

Chez
{
DESENNE, Libraire, Galerie de pierre, n° 2;
DELAUNAY, Libraire, Galerie de bois, n° 243,
palais du Tribunat;
}

Et chez DEBRAY, Libraire, rue Saint-Honoré, barrière
des Sergens.

1806.

PRÉFACE.

L'ESPRIT satirique dont il s'agit dans cette Épître, ne doit point être confondu avec l'esprit de dénigrement : c'est pour n'avoir point fait cette distinction, que souvent on a regardé la satire comme l'indice de la méchanceté du cœur. C'est par la même méprise que beaucoup d'écrits en prose et en vers, où l'on attaque des hommes de talent pour les insulter, sont présentés par leurs auteurs comme des satires, et pris pour tels par bien des lecteurs, tandis qu'ils ne sont réellement que des libelles. Mais les esprits éclairés savent bien qu'Horace et Boileau n'avoueraient point leurs prétendus disciples. Ceux-ci sont presque toujours des écrivains qui auparavant n'avaient fait que de mauvais ouvrages; et l'on peut dire que c'est en haine de la critique, qu'ils finissent

par ce qu'ils appellent des satires. Ce sont
aussi des jeunes gens, qui, étrangers encore
à la société, ayant sur‑tout le malheur de
vivre loin de leur famille, n'apportent dans
le monde que les habitudes de l'école, et
semblent croire qu'ils n'ont rien de mieux
à faire que d'y représenter leurs anciens
régens,

Professeurs qui devraient retourner au collége,

comme l'a dit un poète ingénieux. Personne
plus que moi ne hait et ne méprise un pareil
esprit, et j'ose espérer qu'on ne se méprendra
point sur mes sentimens à cet égard.

L'écrivain célèbre, à qui cette Épître est
adressée, est connu comme poète satirique;
mais jamais dans ses écrits la satire n'a fran-
chi les bornes que la décence et l'honneur
imposent aux honnêtes gens. On sait d'ailleurs qu'il avait débuté par des succès au

théâtre, et dans un genre qui exige la connaissance du monde et le sentiment de la morale. C'est là ce qui a engagé l'auteur de cette Épître à le prendre pour l'exemple de la vérité qu'il y développe.

M. Palissot ayant prouvé dans ses Mémoires littéraires qu'il est sensible autant que tout autre au plaisir de louer des hommes de lettres vivans, cela m'a donné lieu de rappeler et de caractériser moi-même quelques-uns de ceux qu'il a le plus distingués [1]. Aucune idée de flatterie ni de dénigrement n'a pu me diriger ; j'ai suivi uniquement l'impression naturelle que j'ai reçue de leurs talens, en adoptant l'opinion répanduc parmi des hommes de goût que leur caractère et leur position éloignent de toute

---

[1] Tels que MM. Andrieux, Boisjoslin, Cabanis, Fontanes, &c.

coterie littéraire, et sur-tout de cet esprit de parti, qui, banni enfin de l'empire, cherche un refuge dans la république des lettres.

Je desire que le très-petit nombre d'hommes lettrés, restés fidèles aux principes des écrivains classiques, me sachant gré de mon respect religieux pour ces principes et pour ces écrivains, lisent ce faible ouvrage avec quelque indulgence. Je suis persuadé que du retour à ces principes salutaires dépend la renaissance du goût et des talens parmi nous. Heureusement il s'accrédite dans le monde une opinion tout à fait contraire à l'erreur de presque tous nos poètes d'aujourd'hui, qui prétendent créer une nouvelle langue poétique, ou perfectionner celle de leurs maîtres. Cette opinion, puissante par le goût et la raison de ceux qui la partagent, rendra impossible la durée de cette erreur. Le sort des ouvrages composés dans cet esprit en est déjà le présage.

Mais ce serait une autre erreur nuisible aux arts de l'imagination , de regarder ce retour aux vrais principes du goût comme incompatible avec la marche progressive de l'esprit humain. Au contraire , en même temps que le goût nous ramène à ses principes , l'esprit doit s'avancer vers les vérités que le temps ajoute toujours aux anciennes richesses de la pensée. Ainsi , au lieu de donner des formes nouvelles à de vieilles idées , nos poètes feraient bien de donner les formes antiques à des sujets nouveaux. J'avoue que cela n'est pas très-facile, surtout pour ceux qui, depuis quinze ans, ont eu le malheur de n'y pas songer ; mais tel doit être le but des poètes à venir.

Cette Épître est suivie de quelques notes,

non que j'en approuve la mode , mais le
sujet que j'y traite étant tout littéraire , il a
été quelquefois nécessaire d'expliquer des
opinions par des faits , ou par des réflexions
que les vers ne comportent point comme
la prose.

ÉPITRE

A

M. PALISSOT.

La bonté du cœur peut s'allier avec l'esprit satirique.

Toi qui, près de ces lieux où d'un saint monastère
Héloïse chercha l'asyle tutélaire ,
D'un autre souvenir illustrant Argenteuil [1],
Fus l'heureux successeur de l'Horace d'Auteuil,
Du bon goût à la fois l'arbitre et le modèle ;
Permets qu'à tes leçons , à tes vieux ans fidèle ,
Un jeune ami des arts, inconnu d'Apollon ,·
Mette ses premiers vers sous l'abri de ton nom.

Dans cet étroit vallon que le Jura sauvage
Sous ses quatre sommets couvre d'un noir ombrage,
Empire du travail , où de ses lourds marteaux
L'Industrie aux cent bras tourmente les métaux (a),

[1] Allusion à ce vers de la Dunciade :
Messieurs les sots , je vous vois d'Argenteuil.

A de souples ressorts joint la flèche mobile,
Qui marche, obéissante aux lois du temps agile ;
Au bruit laborieux des ateliers divers,
D'un utile murmure animant nos déserts,
Retraite d'un bon peuple, où, loin de la licence,
L'exemple des aïeux conserve sa puissance,
Heureux de vivre au sein de mes Lares chéris,
J'aime à tourner les yeux vers les murs de Paris.
Là, d'un accueil flatteur ton aimable vieillesse
A daigné quelquefois honorer ma jeunesse.
Que ne puis-je, rempli de tes doux entretiens,
Pour épurer mes vers lisant encor les tiens,
Prouver par ton exemple au monde poétique,
Qu'un bon cœur peut s'unir à l'esprit satirique!

Des livres corrupteurs révéler le poison,
Et sur l'orgueil des sots égayer la raison ;
Des travers de son siècle implacable adversaire,
Les signaler aux yeux du public qu'on éclaire,
D'un esprit généreux c'est le noble devoir,
C'est d'un beau ministère exercer le pouvoir.
Ainsi les écrivains sont estimés des sages.

Une grande pensée a produit tes ouvrages :
C'est l'éternel accord du goût avec les mœurs.

Des lieux où Stanislas , captivant tous les cœurs,
Régna par ses bienfaits plus que par sa puissance,
Tu parus dans le monde, ignorant sa licence.
De graves écoliers et des docteurs bouffons,
Dans leurs Traités légers, dans leurs Pamphlets profonds,
Régentaient l'univers ; et leur ligue funeste
De la Fille du Ciel souillait le front modeste ,
Ou du Dieu des Beaux-Arts méconnaissant la voix,
Aux Muses prescrivait d'injurieuses lois.
Quelques-uns plus discrets mêlaient en leurs maximes,
A d'affreuses leçons des vérités sublimes (b).
De l'esprit corrompu les fatales erreurs
Fermentaient dans l'état non moins que dans les mœurs,
Et déjà s'entendait un sinistre murmure,
Des tempêtes du siècle épouvantable augure.
Toi, de la Comédie empruntant le miroir,
Tu le montras au Vice effrayé de s'y voir,
Et d'un rire vengeur armant la Poésie,
Démasquas sur la scène une autre hypocrisie.
De là, ce noble ouvrage [1] , où tes vers courageux
Raillent des novateurs les desseins orageux ,
Et qui, nous dévoilant un dangereux système,
Par ses propres beautés s'est soutenu lui-même.

[1] La Comédie des Philosophes.

Peut-être eût-on voulu de plus savans ressorts ;
Mais que de mots heureux, de traits piquans et forts !
Que de verve comique à la raison s'allie !
Et quel style sur-tout, trop rare chez Thalie !
C'est par là que Piron eut un rival nouveau.
D'une main délicate et d'un chaste pinceau,
Des Phrynés de ce temps tu peins les artifices [1],
Et d'un utile affront humiliant leurs vices,
De scandaleux hymens tu fais rougir la cour,
Et venges à la fois la pudeur et l'amour.
Vainement l'imposture empoisonne ta vie,
Tu n'en flétris pas moins cet enfant de l'envie [2],
Qui dérobe à notre œil, sous un air de douceur,
De son cœur dangereux l'hypocrite noirceur,
Et fabriquant dans l'ombre un infâme libelle,
Ose en accuser l'homme à la vertu fidèle.
C'est ainsi que toi seul as saisi dans tes vers,
De ton siècle égaré les plus saillans travers.

Mais bientôt du théâtre on te ferma la lice ;
Momus, pour te venger, te prêta sa malice.

---

[1] La Comédie des Courtisannes.
[2] La Comédie de l'Homme dangereux.

Ce Poëme piquant, nouveau chez Apollon [1],
Qui d'un poëme anglais n'emprunta que le nom,
Où ta Muse flexible, à nous plaire occupée,
Elève la satire au ton de l'épopée,
Et de la fiction répandant les couleurs,
A paré ses bons mots de poétiques fleurs,
Où ta main, du pédant rejetant la férule,
Fit pleuvoir sur les sots les traits du ridicule,
Est-il le fruit amer de la méchanceté?
Non. Mais de la raison c'est l'utile gaieté,
C'est l'art de renfermer, habile à nous instruire,
Un précepte de goût dans un trait de satire.

Enfin, le ton malin du sévère Boileau
Fait place à la censure, et tu prends son flambeau [2].
Dans ta prose élégante, harmonieuse et claire,
Du sage Port-Royal tu suis l'école austère,
Et retraçant le goût du critique romain,
Tu pèses nos écrits, la balance à la main.
Sans vouloir professer, ton esprit nous révèle
Tous les secrets de l'art où chaque auteur excelle.
Marques-tu les défauts? c'est pour nous éclairer.

[1] La Dunciade.
[2] Les Mémoires littéraires.

Que le talent se montre, et tu vas l'honorer.

Tu louas ce génie et pittoresque et sombre [1],

Qui des vieilles forêts se plut à chanter l'ombre,

Et peignant le verger, le cloître et les tombeaux,

De touchantes couleurs enrichit ses tableaux,

Du Lucrèce de Londre élégant interprète,

Et qui, grand orateur non moins que grand poète,

Préside noblement, par un auguste choix,

Le corps majestueux où se forment les lois (c).

D'Ovide tu vantas le traducteur habile [2];

Des heureux Etourdis l'auteur pur et facile [3],

Disciple de Regnard et conteur délicat;

Le profond Cabanis et le penseur Garat,

Et ce Sylva nouveau qui sait guérir et plaire [4].

Aurais-je pour Delille un reproche à te faire (d)?

Tu craignis pour sa gloire, et sa fécondité

Alarma de ton goût l'inflexible équité.

De Milton, de Virgile, être à la fois l'émule,

C'était un vrai prodige, et tu fus incrédule.

Pourtant le téméraire a paru leur égal :

---

[1] M. de Fontanes, président du Corps Législatif.

[2] M. de Saint-Ange.

[3] M. Andrieux, ex-tribun, de l'Institut.

[4] M. Alibert, médecin.

Peins donc ce grand poète, en nos jours sans rival ;
Peins dans le traducteur l'écrivain de génie,
Qui sut du luth romain conquérir l'harmonie ;
Et fidèle toujours au langage des Dieux,
Le premier reproduire, en vers mélodieux,
La moderne Epopée et l'Epopée antique,
Ou du peintre des champs émule didactique,
Dans ce genre sévère à son tour créateur,
A côté de Boileau siéger avec honneur ;
Original enfin dans son dernier poëme,
Philosophe charmant, se surpassant lui-même,
Dans le monde idéal voir la réalité,
Près des illusions montrer la vérité,
Et de nouvelles fleurs ornant la poésie,
En former avec art la plus pure ambrosie.

Ainsi des écrivains avoués d'Apollon,
Ta voix impartiale a proclamé le nom.
Mais que j'aime sur-tout ta bonté paternelle
Du jeune ami des arts aiguillonnant le zèle !
Il voit dans ton estime un garant du succès :
Tel fut l'appui nouveau du Théâtre Français [1] ;
Tu soutins ses talens de ton noble suffrage.

[1] **M. de Chénier, de l'Institut.**

2

Tel ce poète, ami du modeste village [1],
Emule de Vannière et son digne héritier,
Qui vengea les affronts du jardin nourricier,
Où Flore plus utile et non moins agréable,
Fait germer les trésors dont se pare ma table.
Tels l'élégant Castel, disciple de Jussieu,
Qui dans les végétaux peint les bienfaits d'un Dieu,
Et du touchant Gesner l'imitateur tragique [2],
Qui depuis a suivi l'école poétique
Où Delille préside, et, marchant sur leurs pas,
A chanté la Mémoire et le premier trépas.
Enfin, rendant hommage au studieux mystère
Où s'agrandit en paix le talent solitaire,
A des succès nouveaux tu provoquas l'essor
De ce chantre inspiré par les bois de Windsor [3],
Qui lutta contre Pope, et dans son goût antique
Egala des Anglais le poète classique :
Critique lumineux, peintre charmant des fleurs,
Dont Fontanes et toi, confidens des neuf sœurs (e),
Voulûtes à leur cour ramener le génie
Promis par la nature au Dieu de l'Harmonie.

[1] M. Lalanne.
[2] M. Legouvé, de l'Institut.
[3] M. de Boisjoslin, ex-tribun.

C'est peu qu'en tes écrits l'amour de la vertu
De l'éclat du talent se montre revêtu :
Que d'autres écrivains se bornent à la feindre,
Tu sais la pratiquer aussi bien que la peindre.
Cher aux nombreux amis, de ton bonheur témoins,
A ta famille aimable, heureuse par tes soins,
On te voit, dans le sein de tes dieux domestiques,
Aux graces de l'esprit joignant des mœurs antiques,
Donner de ta bonté mille exemples touchans.

Ainsi ta vie entière et tes nobles penchans
Prouvent à tous les yeux qu'en tes piquans ouvrages,
De l'amour du vrai beau fidèles témoignages,
Où le goût est vengé, le vice combattu,
L'esprit de la satire est né de la vertu.
Et faut-il invoquer Despréaux et Molière,
Tant d'autres illustrés dans la même carrière ?
Le moraliste même a sa malignité.
Rappelons-nous Pascal : sa pieuse gaieté,
Des fils de Loyola se moquant sans scrupule,
Eternisa sur eux les traits du ridicule.
Et toi, bon La Fontaine, autant aimé que lu,
Toi-même, tu médis en ton style ingénu !
Le poète du cœur, de l'amour et des femmes,
Racine avec plaisir lança des épigrammes.

L'équitable Apollon, pour venger leurs beaux vers,
A tous ses favoris prète des traits divers.
Ainsi pour son trésor, odorante merveille,
Dans les champs émaillés l'industrieuse abeille,
Pompant le suc des fleurs, peut de son aiguillon
Punir les attentats de l'envieux frélon.

Peut-être intimidés par tes malins ouvrages,
Mais jaloux de t'offrir leurs modestes suffrages,
Les amans des neuf Sœurs, jeune postérité
Qui commence à tes yeux ton immortalité,
A ta voix rassurés, vont, dans leur confiance,
S'éclairer au flambeau de ton expérience.
De ton génie aimable, enjoué, délicat,
L'âge, qui flétrit tout, n'a pu flétrir l'éclat,
Et, sous ton front blanchi, ta muse toujours vive
Par l'esprit du vieux temps nous charme et nous captive:
Tels d'antiques sapins, aux rameaux toujours verds,
Percent sur le Jura la neige des hivers.
Des principes du goût heureux dépositaire,
Tu gardes, presque seul, sa flamme héréditaire,
Dans un siècle rebelle aux leçons de Boileau.
Vers la simple nature, à la source du beau,
Loin du faux bel-esprit, c'est toi qui nous rappelles,
C'est toi qui réfléchis l'éclat des grands modèles,

Sur l'horizon des arts tous les jours plus obscur.
Tel apparaît cet astre et solitaire et pur,
Qui, lorsque le soleil a fini sa carrière,
De ce flambeau du monde empruntant sa lumière,
Au milieu des vapeurs nous éclaire à son tour,
Et prolonge à nos yeux la clarté d'un beau jour.

Toutefois un espoir reste encore à nos veilles.
Reviens, ô douce paix! couronner nos merveilles :
Dès long-temps la discorde a fui de nos remparts.
Si déjà sont conquis tous les trésors des arts,
Des grands événemens l'influence féconde,
Changeant les nations, renouvelle le monde.
Trouvez, fils d'Apollon, dans nos brillans succès,
Une gloire inconnue au Parnasse Français.
Ils sont venus les jours de la Muse guerrière (f)!
Que l'Ode aux fiers accens, que l'Epopée altière,
Qu'une autre Melpomène, aux tragiques accords,
D'une Clio plus riche empruntent les trésors.
Mais en nous emparant de ces beautés nouvelles,
Au bon goût comme aux mœurs soyons toujours fidèles.

FIN.

NOTES.

(*a*) Empire du travail où de ses lourds marteaux,
L'industrie aux cent bras tourmente les métaux.

Cette partie du Mont-Jura n'a pu en effet être peuplée que par l'industrie, le terrain produisant à peine de quoi nourrir les habitans pendant huit jours. Parmi les objets de fabrication, on distingue la clouterie, les fils de fer, les cadrans d'émail et l'horlogerie, mais une horlogerie dont l'espèce est particulière à ce pays-là. Ce sont de grands mouvemens de cuivre et d'acier, renfermés dans des cages de fer, dont il se fait des envois jusques dans les colonies. Le bourg de Morez est le lieu le plus remarquable de ces montagnes. Il n'était, il y a environ un siècle et demi, qu'un désert couvert de sapins. Un artisan, attiré par un ruisseau, bâtit sur la pente de la montagne une petite forge, dont on voit encore les vestiges. D'autres, à son imitation, osèrent enfin s'établir sur les bords du torrent qui roule dans le fond de l'abîme. Au milieu de cette colonie naissante, il se trouva un homme, J. B. Dolard, l'un des négocians les plus distingués du commencement du dix-huitième siècle (*Voyez* Savary, *Dictionn. du Commerce, tom. V, pag. 221*) qui, plein de grandes vues et doué du génie des affaires, encouragea le travail, multiplia les habitations et les ateliers, créa des relations commerciales, et, au moyen de la considération et du crédit qu'il sut obtenir, parvint à faire ouvrir, par des routes creusées dans le flanc des rochers, des communications faciles avec ce pays isolé, où l'on ne pouvait arriver que par des sentiers escarpés et bordés de précipices. Les habitans sont aussi bons que laborieux. Au lieu de ces rivalités jalouses qui se font remarquer par-tout ailleurs, un accord fraternel règne entre toutes les professions. Pour donner un exemple frappant de leur probité, il suffira de dire que, dans les marchés hebdomadaires, où viennent s'alimenter plus de onze mille ames, la plupart des denrées et particulièrement le bled, restent toujours, sans la moindre surveillance, exposés sur la place publique dans la nuit qui précède le marché.

A quelques lieues de là, ce n'est plus sur le fer que s'exerce l'industrie. Elle opère de petits prodiges à l'aide du tour, et fait mille ouvrages charmans du buis dont les rochers sont tapissés. La ville de S. Claude est le centre de ce genre de commerce, cette ville infortunée, qui, entièrement incendiée en 1799, sort de ses ruines sans avoir des ressources dans son territoire, et a déjà presque réparé ce grand désastre par la seule constance de ses habitans et les miracles du travail.

Ce désastre fut décrit alors dans une pièce de vers pleine de poésie et de sensibilité, insérée dans le Moniteur, dont l'auteur est M. Roux (du Jura), sous-chef de division aux Relations extérieures et membre de la Légion d'Honneur.

Dans cet incendie périt un membre de l'Assemblée Constituante, M. Christin, avocat distingué, le même à qui Voltaire adressa les lettres que l'on trouve dans sa correspondance. Ses manuscrits sur les antiquités de la Franche-Comté, consumés avec lui, sont dignes de regrets.

Je me reprocherais de passer sous silence le nom d'une dame de S. Claude, Mad. Vuillerme Dalloz, morte il y a peu d'années, et qui montra tant de courage et de bienfaisance lors de cet incendie. Les auteurs du nouveau Dictionnaire historique disent avec raison que ce que Mad. de Miramion était aux pauvres de Paris sous Louis XIV, Mad. Dalloz l'était pour les pauvres de S. Claude. Son mari était l'ami de Voltaire.

Le Jura s'honore d'avoir vu naître M. le sénateur Desmeunier, l'un des membres les plus distingués de l'Assemblée Constituante et du Tribunat, connu auparavant par des ouvrages de littérature très-utiles; M. le sénateur Vernier, ex-constituant, auteur d'un bon livre sur le *caractère des passions*; feu M. de Marnezia, à qui l'on doit un poëme estimable intitulé *la Nature champêtre*, et quelques écrits agréables en prose; M. Adrien Lezay-Marnezia son fils, aujourd'hui préfet, qui s'est fait remarquer comme publiciste et comme écrivain très-ingénieux; enfin M. Janet, ancien membre du Corps Législatif, à présent maître des requêtes, destiné par un rare mérite à parcourir la carrière des premiers emplois. C'est aussi dans ce pays qu'habite Mad. de Vannoz, née Sivry, auteur d'une belle Elégie *sur les Tombeaux de Saint-Denis*.

Parmi d'autres hommes distingués de cette partie
de la ci-devant Franche-Comté, qu'il est inutile de
nommer ici, je ne citerai que l'abbé d'Olivet, et un
ancien oratorien du dix-septième siècle, Lejeune,
né à Poligny, qui se consacra aux missions, et dont
on a des sermons que je rappelle uniquement, parce
qu'ils donnèrent lieu à ce mot remarquable de Mas-
sillon : « Ce sermonnaire est un excellent répertoire
pour un prédicateur, et j'en ai profité ».

(*b*) A d'affreuses leçons des vérités sublimes.

Il importe à l'auteur de ces vers d'établir ici une
distinction que les esprits sages ne peuvent manquer
de faire. Ce n'est point la philosophie proprement dite
qu'il a désignée dans ces vers, mais bien ce que l'on a
assez heureusement appelé le philosophisme, espèce de
fanatisme irreligieux, qui n'a aucun rapport avec
l'esprit d'observation et la recherche de la vérité dont
Montesquieu, Jean-Jacques Rousseau, Buffon et même
Voltaire, ont donné de si beaux exemples, en excep-
tant toutefois les erreurs de ce dernier, qui sont cou-
vertes au reste par tant de services rendus au bon goût
et par conséquent aux bonnes mœurs.

(*c*) Le corps majestueux où se forment les lois.

Ces vers n'indiquent qu'imparfaitement le mérite
supérieur et nouveau que M. de Fontanes a montré
comme orateur, dans ses fonctions de Président du
Corps Législatif. Les divers petits poëmes rappelés
dans les vers précédens sont *la Forét de Navarre*, *le*

Verger, *la Chartreuse et le Jour des morts dans une campagne*, ainsi que l'excellente traduction en vers de *l'Essai sur l'homme* de Pope , anciens ouvrages de M. de Fontanes. Je parle plus loin de la belle Epître *sur l'emploi du temps*, qu'il a adressée à M. de Boisjoslin. Le sujet de cette Epître me fait observer ici combien il est à regretter pour les lettres que M. de Fontanes ait été si long-temps entraîné vers d'autres travaux, ainsi que plusieurs autres hommes distingués, tel que celui même à qui l'Epître est adressée : heureusement on a lieu d'espérer de M. de Fontanes une belle Epopée, dont le sujet, déjà connu par quelques magnifiques fragmens, est *Xercès* ou la *Grèce sauvée*, et de M. de Boisjoslin un ouvrage historique, genre de composition très - utile , il est vrai, et dans lequel notre littérature est peu riche , mais qui ne devrait pas lui faire oublier un talent si éminent pour la haute poésie.

(*d*) Aurais-je pour Delille un reproche à te faire ?

Dans ses Mémoires littéraires (dernière édit. de 1803) M. Palissot, quoique juste admirateur de la belle traduction des Géorgiques , a paru douter que ce grand poète pût également réussir dans les traductions en vers, alors inédites, de l'*Enéide* et du *Paradis perdu*, et il s'est même un peu égayé sur le grand nombre des nouveaux ouvrages de M. Delille, que les libraires annonçaient avec une affectation indiscrète. Tous les bons juges, et M. Palissot est au premier rang, ont fini par reconnaître, dans la traduction de Milton, des prodiges de talent, et, dans le poëme de l'Imagination, un genre de beautés neuves, une variété de richesses poétiques, une force d'idées et un intérêt de sentimens, que les anciens ouvrages de M. Delille n'avaient point encore offerts au même degré. Quant à la traduction de l'Enéïde, elle peut n'être pas d'une égale supériorité dans quelques parties; mais j'ose croire qu'on ne tardera pas à s'appercevoir, malgré plusieurs défauts très-sensibles, que la versification de cet ouvrage doit enrichir notre langue dans le genre de l'épopée, vers lequel le génie poétique semble devoir se diriger désormais. M. Delille aura ainsi rendu à la poésie épique le même service qu'il avait rendu à la poésie champêtre.

(*e*) Dont Fontanes et toi, confidens des neuf Sœurs.

Ces vers font allusion, 1° à un article des Mémoires de M. Palissot (dern. édit.), dans lequel il regarde *le silence* de M. de Boisjoslin *comme inexcusable,* en lui rappelant qu'après le poëme de la *Forêt de Windsor, qui lui a fait tant d'honneur, le repos n'est permis que sur des lauriers;* 2° à l'excellente Epître *sur l'emploi du temps,* adressée par M. de Fontanes à M. de Boisjoslin, où il a fait à ce dernier le même reproche et la même invitation dans les vers que je vais citer, parce qu'on est trop heureux d'avoir une occasion de relire des vers de M. de Fontanes.

Mets-le à profit (*le temps*), crois-moi, tout fuit, cher Boisjoslin,
Et trop tôt le talent a ses jours de déclin.

Quand il naît, tout l'accueille; on aime son aurore.
Rappelle-toi ces jours où, commençant d'éclore,
Ta muse, qui brilloit des plus fraîches couleurs,
Orna d'attraits nouveaux la déesse des fleurs,
Alors que ton crayon, pur et brillant comme elles,
Accroissoit du printemps les graces immortelles.
O jours d'enchantement! l'espérance à tes yeux
Ouvrait dans un ciel pur ces lointains radieux,
D'où la gloire, au travers de cent miroirs magiques,
De son temple élevé fait briller les portiques.
La course étoit immense, et ne t'effrayait pas.

. . . .
. . . .

Viens, ami : leurs malheurs sont dignes de tes chants.
Ta voix, qu'instruisit Pope en tes plus jeunes ans,
Des bosquets de Windsor ressuscita la gloire.
Jeune, tu vis les champs embellis par la Loire;
Mais ceux où je t'invite ont encor plus d'appas.
Comme on voit quand l'hiver a chassé les frimas,
Revoler sur les fleurs l'abeille ranimée,
Qui six mois dans sa ruche a langui renfermée :
Ainsi revole aux champs, muse, fille du ciel;
Des poétiques fleurs compose un nouveau miel;
Laisse les vils frélons, qui te livrent la guerre,
A la hâte et sans art pétrir un miel vulgaire.
Pour toi, saisis l'instant; marque d'un œil jaloux
Le terrein qui produit les parfums les plus doux.

Reposant jusqu'au soir sur la tige choisie,

Exprime avec lenteur une douce ambroisie ;

Epure-la sans cesse, et forme pour les cieux

Ce breuvage immortel attendu par les Dieux.

Il ne m'appartient pas de tenir le même langage ; mais j'oserai, avec tous les amis des lettres, exprimer mon étonnement, de ce que M. de Boisjoslin néglige de donner lui-même une édition de sa *Forêt de Windsor,* qu'il faut chercher dans le recueil *qui s'en est enrichi,* selon l'expression de l'homme supérieur dans les lettres et dans les sciences *, qui rendit compte de ce poëme dans un excellent article du Mercure (Mars 1798). Est-ce que les fonctions diplomatiques et législatives dont M. de Boisjoslin a été revêtu, l'auraient désintéressé de ses premiers travaux ? Nous ne sommes plus au temps où les lettres paraissaient incompatibles avec les affaires : beaucoup de grands exemples prouvent aujourd'hui qu'il est permis de les allier.

(*f*) Ils sont venus les jours de la muse guerrière !

L'opinion exprimée dans ces vers est déjà celle des esprits les plus éclairés. L'épopée, l'ode et la tragédie historique semblent en effet s'assortir avec les sentimens, les idées, les mœurs et les événemens qui caractérisent le commencement du dix-neuvième siècle. L'instruction publique, qui reprendra bientôt toute sa puissance, nous donnera sans doute des hommes dignes de

* M. le Sénateur C***, membre de l'Institut.

s'illustrer dans ces divers genres ; mais n'oublions pas
qu'il nous reste encore quelques vrais talens que tout
invite à entrer dans une aussi belle carrière. Ce n'est pas
qu'il faille abandonner les autres, et sur-tout celle de la
poésie didactique et philosophique. Plusieurs ouvrages
récens ont fait connaître dans ce genre difficile et sévère,
des poètes d'une grande espérance, tels que MM. Esmé-
nard, Michaud, Perseval - Grandmaison, de Saint-
Victor, Trenneuil et quelques autres. Il faut nommer
avant tout M. Lebrun, dont on attend avec tant d'im-
patience un poëme sur la nature. Je pourrais ajouter
le nom d'un écrivain dont M. Delille a fait une si
honorable mention, comme critique, dans la préface
de sa dernière édition des Jardins, M. David, aujour-
d'hui Consul général en Bosnie, et qui a si bien carac-
térisé ce genre de poëme dans des vers déjà connus
par le Moniteur, et dont l'à-propos, à l'égard de
M. Delille, m'engage à les citer ici.

Nul n'avait su cueillir la palme géorgique ;
Delille vint : bientôt sous son pinceau magique ,
Du chantre d'Aristée empruntant les couleurs,
Il fait naître à-la-fois les moissons et les fleurs.
Puis, d'une main savante, ornant nos paysages,
Il trace de l'Eden les riantes images.
Enfin, plus douce encor, sa ravissante voix
Rappelant les mortels sous de rustiques toits,
Y chante les beaux arts, les vertus leurs compagnes,
Et le bonheur fixé dans la paix des campagnes.

Imitateur, mais libre, et même original,
Emule de Virgile et souvent son égal,
Il sut, par les accords de sa lyre divine,
Donner au vers français l'élégance latine.
Par lui les noms proscrits de mille objets divers,
Sans manquer de noblesse enrichirent les vers.
Si d'un coursier fougueux lancé dans la carrière,
Il chante les amours ou peint l'ardeur guerrière,
De l'animal superbe un vers impétueux
Semble avoir la vîtesse et respirer les feux.
Un torrent se perd-il dans des grottes profondes ?
Son vers roule, bondit, et tombe avec les ondes.
Cette voix qui d'un Dieu fait tonner le courroux,
Sait prendre pour l'amour le rithme le plus doux.
S'il peint le cours pompeux de l'immense amazone,
Ou les tristes frimas dont l'hiver se couronne,
Il est toujours sublime ; il unit sans efforts
L'image et la pensée aux plus heureux accords.
Dans un seul grain de sable, ingénieux emblême,
De ce monde éternel il montre le systême.
Tout s'anime en ses vers. Ce cygne harmonieux
Donnant un nouveau charme au langage des dieux,
D'un goût timide encor, brava les vains scrupules.
Il vécut sans rivaux, mais non pas sans émules :
Boisjoslin et Fontane, instruits par ses leçons,
Du luth Virgilien tirant de nouveaux sons,
Et mariant ensemble et la Force et les Graces,

Rivaux sans jalousie, ont marché sur ses traces:
Aux astres, aux vergers, aux agrestes tombeaux
Fontanes tour à tour consacra ses pinceaux;
Et bientôt à sa voix, plus grands que dans l'histoire,
La Grèce et ses héros renaîtront à la gloire.
Toi, disciple de Pope, ô chantre de Windsor!
Brillant peintre des fleurs, prends un nouvel essor;
Minerve et Calliope ont tressé ta couronne;
Il faut la mériter, Apollon te l'ordonne.

Fontanes, Boisjoslin, noms chers au Dieu des arts,
Ingénieux Castel, et toi, jeune Esmenarts,
Donnez un nouveau lustre à notre poésie
Et de Delille absent consolez la patrie.

FIN DES NOTES.

www.ingramcontent.com/pod-product-compliance
Lightning Source LLC
Chambersburg PA
CBHW072300210626
46818CB00017B/1931